LENDAS DE FERNANDO DE NORONHA E OUTRAS HISTÓRIAS

LENDAS DE FERNANDO DE NORONHA E OUTRAS HISTÓRIAS

ALDIVAN TORRES

Canary Of Joy

CONTENTS

1   1

CHAPTER 1

"Lendas de Fernando de Noronha e Outras histórias"
Aldivan Torres
Lendas de Fernando de Noronha e Outras histórias

Por: Aldivan Torres
©2020- Aldivan Torres
Todos os direitos reservados.
Série: Fábulas do Universo

Este livro, incluindo todas as suas partes, é protegido por Copyright e não pode ser reproduzido sem a permissão do autor, revendido ou transferido.

Aldivan Torres, natural do Brasil, é um escritor consolidado em vários gêneros. Até o momento tem títulos publicados em dezenas de idiomas. Desde cedo, sempre foi um amante da arte da escrita tendo consolidado uma carreira profissional a partir do segundo semestre de 2013. Espera com seus escritos contribuir para a cultura Pernambucana e Brasileira, despertando o prazer de ler naqueles que ainda não tenham o hábito. Sua missão é conquistar o coração de cada um dos seus leitores. Além da literatura, seus gostos principais são a música, as viagens, os amigos, a família e o próprio prazer de viver. "Pela literatura, igualdade, fraternidade, justiça, dignidade e honra do ser humano sempre" é o seu lema.

Dedicatória e agradecimentos

"Dedico este trabalho a Deus, a minha família, aos meus companheiros de jornada e a meus leitores. Não seria nada sem vocês. Cada linha escrita tem um pouco deste incentivo e da garra do brasileiro. Somos um povo batalhador e cheio de sonhos que ainda há de tornar este país o melhor do mundo.

Agradeço o meu dom, os bons momentos vividos, os maus momentos os quais me fizeram crescer, os livros lidos, os bons comentários, os críticos apontando falhas, enfim, agradeço a cada pessoa que faz parte da minha vida. Sou uma reunião de pensamentos e incertezas sendo levado ao destino. Este destino é a casa de cada um dos meus seguidores. Como é bom fazer parte de sua vida."

"Todas as histórias merecem ser contadas, sendo elas importantes ou não. São essas memórias que permanecem para todo o sempre e eternizam o homem. Portanto, não buscai os bens materiais. Busque o reino de Deus em primeiro lugar e todas as outras coisas lhe serão dadas por merecimento."

O autor

Sumário

A lenda da Alamoa
A cigana
Homem do telhado
Os Gigantes de Fernando de Noronha
A Mulher do Pote de Ouro
Gigante da meia-noite
O tesouro perdido
O menino aleijado e sem dentes
O Monstro Marinho
A Mulher Pesada
A casa Mal-assombrada
A ILHA PERDIDA na Polinésia
Um paraíso no meio do mar
Na ilha da Ascensão
A chegada a ilha

A lenda da Alamoa

Um grupo de piratas navega vários dias pelo oceano carregando os frutos de seus últimos trabalhos. É um grupo bastante unido, divertido e decidido. Fazia anos que estavam juntos em muitas aventuras podendo destacar-se sua união e cooperação mútuas. Eram piratas reais em sua intrínseca essência.

Ao aproximar-se do arquipélago de Fernando de Noronha, começam a conversar entre si.

"A noite está chegando e o corpo não quer relaxar. O que devemos fazer agora, queridos marinheiros? "Questionou o capitão, um cara alto, barbudo e cheio de rugas devido a idade.

"Acho que podemos atracar nesse momento. Dessa forma, podemos passar a noite mais tranquilos "Sugestionou Pietro, um moreno forte e delgado, um dos marinheiros.

"Boa ideia. Mas em que ponto? Alguém pensou em alguma coisa? "enrolou-se o capitão.

"A ilha de Fernando de Noronha fica perto daqui. É o único lugar possível para atracar. Mas também é um lugar muito perigoso, cheio de criaturas sobrenaturais. O que vocês acham? "Sugestionou Herbert, um louro com rabo de cavalo, um dos tripulantes mais experientes.

"Eu acho que isso é uma grande tolice. Somos piratas ou não? Isso não me assusta "Afirmou uma das mulheres.

"Essas mulheres me deixam orgulhoso. Eu queria ser como elas. Estou com medo dessas lendas "Fala o cozinheiro do grupo.

"Isto é esperado. O que lhe falta em coragem, sobra em habilidade na cozinha. É por isso que você faz parte do nosso time "Afirmou o capitão.

"Obrigado pelos elogios, capitão. Eu prometo melhorar cada vez mais "Retribuiu o cozinheiro.

"Então está decidido. Vamos até Fernando de Noronha fazer história. Tenho certeza que vai dar tudo certo "Decidiu o capitão.

" Amém "Desejaram os outros integrantes.

O navio foi direcionado para a ilha. Em cada um deles, havia um sentimento de aventura, medo e expectativa. O que aconteceria? Será que tais histórias eram mesmo verdadeiras? A única certeza que tinham era que iriam enfrentar todos os obstáculos do caminho. Tinham orgulho de si mesmos por serem tão corajosos. Por isso, faziam jus à fama de "Os mais temidos piratas do oceano".

"Eu posso ver a ilha. Estamos chegando, senhores! "Anunciou um deles.

Ocorre um alvoroço no navio e todos colaboram para uma melhor chegada possível. Em poucos minutos, atracam o navio à beira-mar e todos descem. A ilha estava tranquila e fria como de costume. Um espetáculo de beleza para todos que estavam ali. O capitão retoma o diálogo:

"Agora, estamos em terra seca. Homens, dirijam-se para a mata. Vão buscar comida e lenha para fazer uma fogueira. Precisamos também construir uma cabana. Ela servirá de abrigo para todos nós pois há muitos animais ferozes por aqui. Mulheres, limpem o terreno ao redor enquanto esperamos a chegada de nossos queridos marinheiros.

"Certo. Estamos indo cumprir a ordem, senhor" garantiu Herbert.

"Que equipe dedicada! É nesses momentos que eu sinto um imenso orgulho "Retribuiu o capitão.

Os grupos se separaram visando cumprir as ordens do chefe. A ilha de Fernando de Noronha respirava ares de tranquilidade, maresia e mistério. Ali, qualquer coisa poderia acontecer. Um tempo depois, os grupos retornam com as tarefas cumpridas.

"Finalmente, a fogueira e as tendas estão prontas. Agora, nós precisamos preparar a comida "sugeriu o capitão.

"Vou fazer isso imediatamente "Prometeu o cozinheiro.

Assim se fez. O cozinheiro começou a preparar uma deliciosa comida. Os demais descansavam no chão da exaustiva viagem.

"Que cheiro encantador! Estes peixes parecem ser muito saborosos.

"Obrigado, chefe! Eu estou me esforçando para lhe proporcionar uma boa refeição "Afirmou o cozinheiro.

"Em relação às lendas de Fernando de Noronha, ninguém sabe mais detalhes? "Questionou Pietro.

"Eu sei. Além das criaturas sobrenaturais que a ilha abriga, dizem que ela é sede de incalculáveis tesouros "informou Herbert.

"Isso é muito bom. Está disposto a me ajudar a conseguir esse tesouro, marinheiro? "Perguntou o capitão.

"O que não faço pelo meu querido patrão? Sim, sou capaz de arriscar minha própria vida" Respondeu Herbert.

"Estou feliz pela sua decisão. Você tem apenas que cumprir o juramento dos piratas: A ação de um pirata protege os outros. (Capitão)

"Prometo que meu trabalho será feito dessa forma. (Herbert)

"A comida está pronta! Venha e coma, bando! (cozinheiro)

Todos reuniram-se ao redor da fogueira. Ao longe, podiam-se ouvir uivos aterrorizantes de lobos. A noite avançava.

"Como sempre, a comida está deliciosa. Onde você consegue seu talento, querido servo? (Capitão)

"Eu acredito que eu aprendi com a minha mãe. Que ela descanse em paz em bom lugar. Desde a infância, ela me ensinou várias receitas. Com isso, gostei da culinária.

"Bendita seja sua mãe. Nos deixou uma maravilhosa, competente e delicada pessoa. (Rainy, uma das mulheres)

"Obrigado, companheira. Vou tentar servi-los da melhor maneira possível. Fico feliz em ser agradável.

"Só o que você precisa é ter um pouco mais de coragem. (Bella, outra mulher)

"Você está certa. Mas existe alguém perfeito nesse mundo? (cozinheiro)

"Ninguém. Eu estava apenas brincando. Não precisa tentar mudar. Você já é bastante útil para nós. (Bella)

"Grato! (cozinheiro)

A conversa continuou sobre diversos assuntos e com isso o tempo foi passando. Então o capitão anunciou:

"Está na hora de dormir. Pode tomar conta de nós, Pietro?

"Sim. Com toda certeza. Podem ir dormir tranquilamente. Nada vai prejudicá-los.

A tripulação inteira foi dormir enquanto que o guarda cuidava de todos. Enquanto isso, a noite avançava ainda mais. Próximo da meia noite, uma figura estranha se aproximou dele.

"Boa noite, bom cavalheiro. Será que você pode me ajudar?

"O que deseja, querida dama? O que você está fazendo sozinha nesta noite fria?

" Sou uma moradora da ilha e escutei sua conversa. Você busca o tesouro?

"Sim. Como você pode me ajudar?

"Eu sei exatamente onde o dinheiro está. Eu simplesmente não posso pegá-lo porque eu estou com medo.

"Interessante. Qual é a sua proposta?

"Vamos obter o tesouro juntos. Assim que conseguirmos, dividiremos o prêmio.

"Isso soa como uma boa ideia. Mas como eu vou deixar minha equipe sem um guarda?

"Nada vai acontecer com eles. Aqui é uma região muito tranquila. O fogo vai assustar os animais perigosos. Além do mais, o maior desejo do seu capitão é o tesouro. Já pensou na alegria dele quando souber que você conseguiu? Com certeza, você será promovido.

"Vai ser uma grande surpresa. O que estamos esperando? Leve-nos ao local do tesouro.

"Muito bem! Nós vamos agora mesmo!

A dupla dinâmica começou a caminhar e atravessou toda a ilha. Eles fazem uma parada estratégica no pico da Alamoa.

"Dizem que o pico da Alamoa é muito perigoso. Será que devemos continuar? (Pietro)

"Você ainda acredita nestas crenças? Esqueça a superstição e vamos continuar caminhando. O tesouro nos espera. (Dama)

"Você mora há muito tempo aqui?

"Eu sou natural daqui. Este lugar é abençoado por Deus. É uma pena que muitas pessoas expulsem os turistas com rumores falsos.

"Qual é o significado disso?

"Competição. Isso aqui é um paraíso. As pessoas são egoístas e centralizadas.

"E você, não é?

"Estamos falando sobre negócios. Você quer o tesouro?

"Claro que sim.

"Então permaneça em silêncio.

"Tudo bem.

A caminhada continua por mais um tempo. Chegando ao topo, A estranha figura se transformou numa mistura de demônio e mulher loira.

"Nós chegamos! Onde está o tesouro? (Pietro)

"Na sua mente boba. (dama)

"Quem é você?

"Eu sou Alamoa, a deusa da ilha. Você invadiu meu espaço. Agora, você vai pagar com sua própria vida em prol da paz de seus colegas.

A diaba atacou o homem e o devorou. Mais uma vítima desta lendária figura. Bem que diz o ditado: "No mundo existe de tudo e não devemos duvidar".

A cigana

Um grupo de ciganos desembarca na Ilha de Fernando de Noronha após terem sido expulsos do continente.

"Chegamos. Esta é agora a nossa terra. Fomos expulsos do continente em nome da limpeza racial. Entretanto, somos muito mais do que o homem branco pensa. Somos mensageiros de Bel, O Deus todo poderoso.

"Isso mesmo, irmã. Não precisamos do homem branco. Temos a força do espírito que conduz nossos sonhos. Não somos melhores nem piores do que ninguém. Consideremos este exílio como um aprendizado. Esqueçamos as mágoas, as dores e os dissabores passados.

"Vamos considerar esse exílio como um aprendizado. Vamos esquecer as tristezas, dores e desagrados do passado.

"Precisamos, pois, evoluir em nossa busca por Deus. Queira ele que o destino nos ajude.

"Que assim seja feito.

Conversando na praia da ilha ao entardecer.

"Que maravilhosa ilha. Ter sido expulsa do continente não parece ter sido má ideia. Sinto minhas forças pulsando e se rejuvenescendo. Eu me sinto, portanto, completa.

"Eu também, irmã. Precisamos estar preparados para receber as visitas à noite.

"Existe mais alguém aqui nesta ilha perdida?

"Sim, um pirata holandês e um padre.

"Nenhuma mulher? Será que estou segura aqui?

"Está sim. Que mal há nisso? Sei bem que pode se defender.

"É verdade. Sou mestra em sedução e controle espiritual. Não há homem que não sucumba a meus encantos. Estou pronta para o que der e vier!

"É assim que se fala, irmã. Volto daqui a pouco. Preciso pegar madeira e alimentos para nós.

"Está bem. Enquanto isso, vou meditar um pouco.

A cigana entra em estado de meditação. Uma leve calmaria preenche todo o ambiente em meio aos trovões e raios.

"Meus poderosos deuses, entidades que sopram de lá para cá, eu vos peço a inspiração e a proteção nos dias vindouros. Seja amigo dos meus amigos e inimigo dos meus inimigos. Enfim, que o destino prevaleça na minha vida.

O irmão da cigana chegou e construiu à cabana.

"A cabana está pronta!

"ótimo! Bom trabalho, irmão.

Em seguida, chegaram um padre e um pirata para lhe fazerem companhia e conversar um pouco.

"Viemos saudar nossos novos vizinhos. Que a paz de cristo esteja convosco! (Padre)

"Agradecida, padre. Desejo o mesmo para ti. (Cigana)

"Que os bons espíritos te protejam. (irmão da cigana)

"Obrigado, amigo. Este é o Capitão Willy, um amigo pirata que me faz companhia há muitos anos. (padre)

"Seja bem-vindo, Willy! (cigana)

"Fique à vontade, amigo! (Irmão)

"Agradeço a hospitalidade. Eu adoro este lugar, mas me sinto extremamente sozinho. (Willy)

"Mas você não tem o padre? (Irmão)

"Sem querer desmerecer meu colega, não é a mesma coisa. Estar perto duma mulher parece que me transforma por completo. (Willy)

"Entendo. Mas mantenhamos distância. O respeito está em primeiro lugar. (Cigana)

"Claro, Senhorita. Em nenhum momento lhe desrespeitei mesmo você tendo tantos atributos. (Willy)

"Ainda bem. (cigana)

"Além disso, estou aqui para te defender. (Irmão)

"Obrigado pelo apoio, irmão. (Cigana)

"Fiquem tranquilos. Viemos em nome da paz. (Padre)

"Vamos então comer? Devem estar com fome. (cigana)

"Acertou em cheio, querida. (padre)

"Será um prazer. (Willy)

O quarteto entrou na cabana. O jantar foi servido e em seguida retomaram a conversa.

"Há quanto tempo estão na ilha? (Irmão)

"Há três anos. Somos os guardiões deste local em nome do governo. Saibam que não compactuamos com a decisão de nossos superiores. Para nós, os ciganos são seres muito bondosos e inteligentes. Somos irmãos em Cristo. (padre)

"Bondade sua, padre. Para os outros, somos uma escória. Somos algo podre que pode ser jogado fora. É dolorosa essa exclusão pois fere a alma. Também somos filhos do mesmo Deus. (cigana)

"O que eles querem é que nós morramos aqui. Podem até conseguir isso, mas os responsáveis não ficarão impunes. (Irmão)

"Fique calmo, rapaz. Pense pelo lado positivo. Poderão desfrutar desse santuário conosco. Vocês não precisam de mais nada. (Willy)

"Tem razão. Agora somos finalmente livres. (irmão)

"Bebamos e comamos em honra desse lindo dia. O dia em que nossos amados amigos chegaram aqui. (padre)

"Sim, este é um ótimo motivo de comemoração. (Willy)

Foi uma longa noite regada a comidas e bebidas fortes. A pequena cigana adormeceu profundamente na cabana. Com isso, os forasteiros se aproveitaram dela e a estupraram.

"Como? O que foi? O que aconteceu? (cigana)

"Não sei, irmã. Só sei que aqueles malditos fugiram. Quer que me vingue deles? (irmão)

"Não. Eu mesma farei isso. Não tenho mais vontade de viver depois do que me fizeram. Hoje mesmo parto para o outro mundo. Mas a minha maldição fica para todo o homem que se aproximar deste local. Dessa forma, vão me respeitar. Eu não sou cigana por acaso.

Os homens que abusaram da garota morreram em acidentes misteriosos. Desse dia em diante, a cigana virou uma lenda da ilha de Fernando de Noronha.

O autor

Homem do telhado

Na casa do general

Numa das poucas residências da ilha de Fernando de Noronha, se encontravam o general Felipe Moreira, sua filha Luiza e sua esposa Albertina.

Luiza

Pai, você me parece cansado. O que houve?

Felipe Moreira

Eu estou preocupado. Acabei de receber perigosos bandidos na prisão. Eles foram deportados do continente e não parecem nada amigáveis.

Albertina

O que é isso, homem? Está com medo? Você é o general aqui. Confie em si mesmo.

Felipe Moreira

Não é nada disso, mulher. Minha posição não é tão confortável. Lidar com isso requer cuidados.

Albertina

Entendo. Vou orar para que fique tudo bem.

Luiza

Eu também farei isso, mamãe.

Felipe Moreira

Eu deixo essa tarefa com vocês. Não sou de acreditar nessas coisas. Eu sou mais ligado na ciência e política.

Luiza

Nós sabemos, pai. Fique tranquilo. Pode ir ao trabalho. Nós ficaremos bem.

Felipe Moreira

Já estou indo, filha. Fiquem em paz.

Na prisão federal

O general adentra no presídio, mas sente algo estranho. Por trás, três homens o prendem e ele não esboça reação.

Felipe Moreira

O que estão fazendo? O que vai acontecer?

Ezequias

Nós somos a resistência, meu velho! Estamos felizes com essa oportunidade de reação. Nós não aceitamos suas regras! Queremos ser livres de fato e de direito. Mas vocês não nos aceitam! Você nos prende porque violamos a lei, mas só queremos um pouco de paz! Vocês não têm o direito de decidir nossas vidas!

Rogério

O senhor representa a opressão e discriminação para nós. Você é nosso adversário. Não teremos piedade de você ou do governo pois não tiveram consideração nenhuma conosco. Esse é o nosso momento de vingança!

Andrade

Você sabia que vai morrer? Você vai pagar pelo seu erro. Não somos nós que vamos pagar. Um dia é da caça e outro dia é do caçador.

Felipe Moreira

Eu sou apenas um simples funcionário. Sou um cumpridor de leis e obrigações. Vocês podem até me matar, mas isso não vai apagar o que fizeram. Eu não deixarei vocês em paz em nenhum momento de suas vidas. Vai ter troco!

Ezequias

Você só fala besteira!

Os três homens agiram e estrangularam o general. Gritos dele ecoam ao longe até ele morrer. O luto permanece na ilha.

Enterro

A família se reuniu enlutada pela morte do general. Vieram praticamente todos os parentes para se despedir desse importante líder do governo. Passaram o dia inteiro velando o corpo em meio a preces por sua alma. Ainda assim, todos desejavam vingança.

A marcha fúnebre deslocou-se até o cemitério. Chegou a vez do depoimento dos familiares:

Luiza

Ele foi um pai exemplar. Cumpria com todas suas obrigações. Nunca senti falta de nada. Eu tinha comida, lazer, roupas, sapatos e conversas agradáveis. Ele era um pai marcante. Ele era educado, gentil e cavalheiro. Foram anos de boas emoções ao seu lado. Por isso, pai, vá em paz. Com você estarão minhas orações e preces. Nunca esquecerei o bom pai que você foi. Serei sempre grata por tudo o que você fez por nossa família.

Tia Berenice

Ele foi um homem altamente social. Um exemplo de profissional para todos que o admiravam. Ele era muito responsável com a família. Sempre nos visitava e nos apoiava. Ele merece os melhores créditos no momento da morte.

Albertina

Ele foi o amor da minha vida. Nos conhecemos na faculdade em Recife. Foi amor à primeira vista. Desde então, nunca nos separamos. Construímos uma família juntos e um nome de respeito. Eu só tenho de agradecer em nome de trinta anos de casamento.

¡Aplausos para o general!

Grita um dos presentes num último ato de despedida.

A noite de vingança

A noite de lua cheia chegou. Sete dias após a morte do general, sua alma despertou com sede de vingança. Após alçar voo pelos telhados, alcançou o quarto dos inimigos. Com seu poder espiritual, ateou fogo em todo o ambiente enquanto os inimigos dormiam.

Eles acordaram sendo devorados pelas chamas. Ante o sofrimento dos rivais, a alma sebosa ria. O diabo se aproxima e carrega todas as almas inquilinas. Vingança planejada e bem sucedida. Uma mistura de paz preenche a família do general. A morte dele havia sido vingada. Com quem ferro fere, com ele será ferido.

A partir deste dia, a lenda foi criada e aterrorizava os moradores da ilha.

Os Gigantes de Fernando de Noronha

Nos tempos remotos, havia na ilha um reino valoroso e rico que dominava toda a região atual da América do Sul. Trata-se dos "Gigantes de Noronha". Era uma sociedade formada por homens e mulheres gigantes, ligados ao misticismo da natureza e da religião. Havia regras claras de estreita comunhão com o criador e obediência aos superiores.

Mas era uma sociedade sem amor ou sem relações sociais fortes. Isso perdurou durante séculos até que algo inesperado aconteceu entre um casal de gigantes.

Rodney

Não sei o que é sinto, Grace. Mas estou sentindo algo estranho. É um turbilhão de emoções que domina meu corpo inteiro. Eu sinto meu coração palpitar, minhas pernas tremem e fico ansioso quando vejo você. Durante o dia, meus pensamentos se concentram em saber como você está. E à noite, fico imaginando situações com você. É quase uma dependência química. Eu preciso sempre estar perto de você. Eu preciso participar de sua vida de alguma forma. Será que sou um pecador? Eu não entendo essas leis que nós seguimos. São leis tão duras e sem sentido. Por que amar alguém distante e desprezar quem está próximo? Sinto que preciso dum calor humano. Porque não posso sentir desejos ou gostar de alguém? Porque essa fixação em dominar o mundo? Depois que te conheci, nada disso faz mais sentido para mim. Eu prefiro sentir exatamente o que eu descrevi. O que pensas sobre isso, minha amada?

Grace

Isso realmente me soa familiar. Eu sinto algo parecido acontecendo na minha vida. Eu estou sentindo a necessidade de ficar bonita, passear, estar junto com você a todo momento. Eu me sinto dependente da sua companhia e de sua proteção. Sua presença me traz uma segurança que eu nunca senti com ninguém. Eu conheço nossa lei. Mas eu não tenho medo dos outros. Acho que o risco vale a pena. Essa descoberta me traz paz e me deixa angustiada ao mesmo tempo. Porque não podemos viver esse amor? Acho que nós somos livres. Precisamos tentar encontrar esse ponto de explosão que tanto merecemos. Precisamos dar nosso grito de liberdade de uma vez por todas.

Rodney

Concordo com você. Então vamos deixar esse sentimento nos guiar completamente.

Os amantes se entregaram a paixão e descobriram os prazeres carnais. Quando os outros descobriram a transgressão da lei, eles foram sacrificados. Os seios da mulher foram arrancados e hoje se tornaram "O Morro dos dois Irmãos". Já o órgão genital do homem também foi cortado criando "O Morro do Pico".

A Mulher do Pote de Ouro

A Ilha de Fernando de Noronha sempre recebera inúmeras visitas de piratas de todos os locais do mundo. Dizem, portanto, que o local é cheio de tesouros enterrados e repleto de criaturas sobrenaturais. Em geral, são as almas dos piratas que morreram guardando o ouro.

A ilha é um ponto turístico maravilhoso por causa de suas belezas naturais. É considerado um dos locais mais belos do mundo. Buscando um descanso de sua vida atribulada, o empresário Andrew e sua esposa Meggy desembarcaram na ilha.

O casal além de adorar viajar, é uma dupla de caçadores de tesouro. Depois de se divertir bastante durante todo dia, eles saíram para andar no meio da noite acompanhados apenas do clarão da lua e de sua lanterna de pilha.

Andrew

Que lugar fantástico! Estou adorando esse passeio, meu amor. Mas, na verdade, devemos ser também profissionais. Quero ficar rico com os tesouros da ilha. Quero poder ter a vida que sempre sonhei. Nós merecemos. Nós sempre batalhamos a vida inteira.

Meggy

Concordo, amor. Mas tenhamos cuidado. Os donos do tesouro podem se incomodar. Precisamos elaborar uma estratégia perfeita. Acredito que estamos no caminho certo.

Andrew

Claro que estamos. Eu já pensei sobre tudo. Nada de ruim pode acontecer conosco.

Nisso, apareceu no campo de visão deles uma velha maltrapilha que se apresentou:

Velha

Estou com fome, senhores. Poderia dividir comigo o pão que vocês têm na sacola?

Meggy

Claro que sim, senhora. Pegue esses dois pães. Isso vai aliviar sua fome.

Velha

Sou muito grata pela caridade de vocês. Como retribuição, lhe darei meu pote de estimação. Eu achei esse pote enterrado num dos locais a ilha. Estava esperando a pessoa certa para dá-lo. Até outra hora. Fiquem com Deus.

O casal ficou com pote. Ao abri-lo, encontraram várias moedas de ouro o que representava uma pequena fortuna. É como diz o ditado: "O Universo retribui exatamente aquilo que oferecemos".

Gigante da meia-noite

Nas noites claras de lua cheia, costuma aparecer em Fernando de Noronha um homem de estatura gigantesca. Maltrapilho e usando um chapéu caído, o gigante se aproximava da praia e começava a pescar. Desde seu aparecimento, ninguém conseguia mais pescar. Por obra de magia, todos os peixes eram atraídos para a embarcação dessas ilustres figuras.

Se alguém tentasse segui-lo ou apanhá-lo, ele seguia sua caminhada e desaparecia no meio da floresta. Depois, reaparecia em outro ponto da ilha que estivesse com mais tranquilidade. O gigante simplesmente dominava as pescarias na ilha e deixavam todos assustados.

Terminada a pescaria, o gigante se unia a fantasmas, duendes e fadas para fazer festa agitada. Com muita dança, música, sexo e drogas eles eram chamados de "O grupo da Libertinagem". Alguns moradores da ilha se encantavam com essa cultura e também participavam da algazarra.

As festas duravam semanas ou até meses. Depois, simplesmente o gigante sumia por um tempo. Era seu período de hibernação no mundo astral. Por ser um lugar mágico, a ilha abrangia várias dimensões espirituais. Os amigos deles voltavam ao trabalho e esperavam com ansiedade um novo encontro que prometia mais emoções que da última vez. É como diz o ditado, a vida é feita de momentos e diversões.

O tesouro perdido

Por volta do século XVI, desembarcou na ilha um dos mais temidos piratas da época. Francis Drake era um grande pirata, saqueador de riquezas, estuprador de mulheres, assassino de crianças entre outras coisas terríveis. Recentemente, ele tinha roubado um navio e estava sendo perseguido.

Astuto, buscou um local seguro para enterrar seu tesouro. Era uma riqueza incalculável composta de moedas, joias preciosas, barras de ouro e objetos pessoais. Ele guardou esse tesouro numa das cavernas mais inacessíveis da ilha, na costa ilheense.

Antes de abandonar o local, lançou um feitiço na caverna. De modo que o tesouro ficou guardado por três criaturas sobrenaturais: Uma criatura metade onça e metade cobra, uma criatura metade crocodilo e metade dragão, uma criatura metade homem e metade águia. Todos que tentaram resgatar o tesouro, eram simplesmente destruídos.

O menino aleijado e sem dentes

Conta a lenda que João era um menino muito desobediente aos pais. A todos os conselhos recebidos, ele desdenhava e continuava com suas maldades. A situação foi piorando que chegou num ponto insustentável. Então seu padrasto reagiu e lhe deu uma surra muito grande que quebrou todos seus dentes e uma perna. Até

Depois desse dia, o menino adoeceu e ficou triste. Passou três meses entre a vida e a morte até que finalmente faleceu em decorrência das complicações do ferimento. Como castigo por ter sido um menino tão mau, ele se tornou uma alma penada da ilha. Toda criança que desobedecer aos pais e sair no meio da noite, ele persegue e amedronta.

O Monstro Marinho

A baia do sudeste era um lugar mágico. No meio da noite, ouviam-se barulhos e gemidos ensurdecedores. Eram monstros marinhos terríveis que circundavam a ilha. Eram criaturas da antiga cidade de Atlântida que apareciam misteriosamente. Eram espécies de tubarões, baleias assassinas, serpentes, crocodilos gigantes, entre outros.

Conta a lenda que Atlântica e Fernando de Noronha faziam parte do mesmo governo astral. Era o governo do Príncipe Tefeth, que ordenava que nenhum estranho pudesse se aproximar do seu domínio. Essas criaturas mágicas eram encantadas pelo seu feitiço e eram servos de seu domínio e poder.

Qualquer um se aproximasse e tentasse pescar no litoral nesse momento, era enfeitiçado e tinha um fim terrível. As sereias chupavam o sangue da vítima e repartiam com os peixes, os restos da carne. Portanto, cada um respeite seus limites e não tente enfrentar os domínios do Príncipe Tefeth.

A Mulher Pesada

floresta
Homem
Estou caminhando há dias sem descanso. Não suporto mais. Vou ter que passar a noite aqui no meio dessa floresta.
Fritando peixe
Enquanto a noite cai, estou preparando meu jantar. Os peixes vão ficar deliciosos. É uma comida muito saudável.
meditando
É temeroso ficar aqui, mas não tenho escolha. Vou ter que superar meu medo por estar num lugar cheio de lendas e fantasias.
comendo
A comida ficou mesmo deliciosa. Ainda bem que desde jovem aprendi a cozinhar.
mata
Eu já comi! Estou bem cansado. Vou tentar dormir agora
Mulher Pesada
Vou te sufocar! Você não vai sobreviver!
Homem
Você que é tola! Seu chapéu é meu!
Mulher Pesada
Por favor, devolva meu chapéu.
Homem
Claro que devolvo. Mas você tem que realizar meu desejo.
Mulher Pesada
O que quer?
Homem

Sou muito pobre. Quero ficar rico.
Mulher Pesada
Muito bem. Concedo seu desejo. Você será o homem mais rico da região.
Homem
Obrigado. Vou aproveitar a vida com muito dinheiro. Foi tudo o que eu sempre quis. Foi bom fazer negócio com você, Mulher Pesada.

A casa Mal-assombrada

Filho
Mamãe, esta casa é muito estranha. Vejo barulho de pratos quebrando, portas sendo arranhadas, pisadas, tochas luminosas voando e fantasmas. Estou com muito medo!
Mamãe
Acalme-se filho, deve ser um espírito sofredor. Os antigos moradores dessa casa eram feiticeiros. Algum trabalho espiritual deles aprisionou este pobre espírito.
Filho
Como posso ajudá-lo?
Mamãe
Na próxima vez que o espírito se aproximar, converse com ele. Tenha coragem e ajuda esta pobre criatura.
Filho
Está bem. Prometo tentar fazer isso.
Mamãe
Você é um bom jovem. É o orgulho da mamãe.
Filho
Você também é meu orgulho. Obrigado pela orientação.
Quarto
jovem
Você veio. Como posso ajudá-lo?
Fantasma

Obrigado pelo interesse, garoto. Mas não quero sua ajuda. Esta é minha casa e quero que vocês saiam. Eu prometo que não vou machucá-los se vocês me obedecerem.

Jovem

Mas por que incomodamos?

Fantasma

Não tenho que dar explicações. Quero apenas que vão embora.

Jovem

Está bem. Vou rezar por você.

Fantasma

Não faça isso. Eu sou um anjo caído. Não quero e nem desejo a luz. Me deixe em paz.

Jovem

Seja feita tua vontade!

O Lobo

sala

Mãe

Filho, Vá fazer compras no supermercado pois a despensa está vazia.

Filho

Não vou, mamãe. Estou ocupado. Se quiser, vá você mesmo buscar.

Mãe

Que ingratidão! Não lembra tudo o que faço por você?

Filho

Você faz porque quer. Cada um que cuide de suas próprias responsabilidades.

Cozinha

Mãe

Filho, me contaram notícias sobre você. É verdade que andas pedindo esmola na rua?

Filho

Sim, é verdade. Sou obrigado a fazer isso porque você não me dá dinheiro.

Mãe

Eu não sou obrigada a lhe dar dinheiro. Você já é um rapaz. Se quer dinheiro, vá trabalhar!

Filho

Por que a senhora não gosta de mim? Eu sou seu único filho e você não me valoriza.

Mãe

Eu amo você. Mas você me envergonha o tempo todo. Eu não aprovo suas atitudes.

Filho

Ordinária! Vou lhe dar uma lição!

Filho bate na mãe

Mãe

Maldito seja! Por que me bateu, eu te esconjuro! A partir de agora, você deitará na relva como um animal. Você será um lobo!

Mãe

Agora, você é uma lição para todos os filhos rebeldes. Respeito para com os pais é uma lei de Deus. Nunca mais você será um homem pois bateu em sua própria mãe.

O monstro da floresta

Mamãe

Amor, faltou lenha. Poderia buscar para mim?

Esposo

Mulher, já é noite. Por que não pediu antes?

Mamãe

Eu nem percebi a falta da lenha. Não me diga que está com medo. Um homem deste tamanho! Tenha vergonha!

Esposo

Não é medo! É apenas precaução. Mas se é algo urgente, vou arriscar!

Mamãe

É por isso que te amo, amor.

Homem

Estar na natureza é algo realmente incrível e perigoso. A noite cai e deixa o aspecto da floresta ainda mais misterioso. Como é bom fazer parte disso! O dono de tudo isso é Deus. Algumas são pessoas se sentem orgulhosas, mas não são donas de nada. Somos apenas pó e ao pó voltaremos. Portanto, ame intensamente.

Eu tenho uma bela esposa. Foi a mulher que meus sonhos puderam conquistar. Eu faço até loucuras por ela. Um exemplo é estar aqui na floresta correndo perigos. Espero sair dessa vivo!

Homem

Encontrei a lenha. Agora vou voltar para casa!

Um monstro! Meu Deus!

Casa

Mulher

O que foi, homem? Por que está desesperado?

Homem

Eu vi um monstro! Eu não devia ter escutado você! Quase que eu me lascava.

Mulher

Meu Deus! Que horrível! Como eu poderia adivinhar, meu amor? Eu só queria a lenha. Obrigado por tentar! Eu perdoo você por isso!

Homem

Ainda me perdoas? Que sarcástico! Mas tudo bem. Por mais que te ame, nunca mais vou a floresta á noite. Nem adianta me pedir.

Mulher

Sem problemas! O importante é que nosso amor permanece. Você é meu ouro, meu amor.

Homem

Você também é importante para mim. Eu te perdoo!

A ILHA PERDIDA na Polinésia

Depois de horas de travessia no mar revoltoso, a equipe da série "O Vidente" se aproxima duma ilha. Já estava anoitecendo e eles estavam sem rumo e fatigados. Resolvem então atracar na ilha.

Divine

Finalmente chegamos! Já estava cansado da grande travessia no mar. Com isso, novas esperanças ressurgem. Estou muito animado para esta nova etapa de aprendizado.

Renato

Eu também, querido companheiro de aventura. Ansiedade me define por completo. A travessia do mar foi interessante e revigorante. Mas quero mais emoções e aventuras.

Guardiã

Teremos mais aprendizados, com certeza. Esta me parece uma ilha aprazível. Um lugar para descansar e refletir. Tomara que encontremos sinal de vida.

Alexis

Acabaram de encontrar. Sou administradora da ilha. Eu me chamo Alexis. Quem são vocês?

Divine

Eu sou o filho de Deus. Mas também me conhecem como vidente ou Divine. Estamos em expedição de férias. O destino nos trouxe aqui.

Renato

Meu nome é Renato. Sou um integrante da equipe do vidente. Adoro aventuras fantásticas.

Guardiã

Eu sou o espírito da montanha. Sou a orientadora da equipe. É uma honra estar aqui. Estamos cansados. Poderia nos ajudar?

Alexis

Podem contar com minha ajuda. Venham comigo. Minha casa fica perto daqui.

O quarteto começa a caminhar na praia da ilha. Logo a seguir, adentram na mata fechada. Através do guia, em poucos minutos, conseguem chegar numa cabana simples e rústica, com visão para o mar. Era tudo que precisavam naquele momento. Eles adentram no interior da casa e se acomodam na sala.

Divine

Poderia nos dizer onde exatamente estamos?

Alexis

Vocês estão na Ilha Pitcairn, na Polinésia.

Renato

Que maravilha. Poderia contar sua história resumida?

Alexis

Os humanos chegaram a essa ilha há mais de um milênio. Habitavam essa ilha e a ilha vizinha conhecida como "Henderson". Desde o começo, os habitantes das duas ilhas cooperavam uns com os outros criando um comércio sólido. Entretanto, houve um desastre ambiental no século dezesseis o que impossibilitou a comunicação entre as ilhas. Cerca de cem anos depois, as ilhas foram redescobertas pelos ingleses. Nos tornamos colônia britânica em 1838. Atualmente, poucas pessoas moram aqui.

Guardiã

Viver numa ilha deve ser altamente desafiador. Em que consiste a economia de vocês?

Alexis

Temos um solo bastante fértil. Plantamos muitas frutas, vegetais e grãos. Também pescamos e fazemos artesanato. Somos também um país de riquezas minerais. Produzimos bastante metais preciosos.

Divine

Como funciona a comunicação de vocês com o mundo?

Alexis

Temos acesso a televisão, rádio e internet. Definitivamente o mundo moderno chegou na nossa ilha.

Renato

Como é o meio de convivência de vocês? Em que acreditam?

Alexis

Nos tempos antigos, seguíamos normas muito rígidas. Mas com a globalização, somos totalmente liberais. Acreditamos em Deus.

Guardiã

Existem fantasmas por aqui?

Alexis

Muitos fantasmas. As casas mais antigas são assombradas por diversos deles. Evitamos sair à noite com medo do lobisomem ou do Macaco Gigante.

Renato

Meu Deus! Que medo! Onde fomos parar?

Divine

Muita calma nessa hora, Renato. É só uma noite que vamos passar aqui. Nada de ruim vai acontecer.

Alexis

Não tem com que se preocupar. Esses monstros só aparecem na lua cheia. Vocês estão salvos.

Guardiã

Ainda bem. Ficamos mais tranquilos. Vai ser uma ótima estadia.

Alexis

Agora é minha vez de perguntar. Como chegaram aqui? Quem vocês realmente são?

Divine

Eu sou psíquico. Nós viemos do Brasil. Nós somos os principais personagens da série o vidente. Ao longo do tempo, nós vamos cumprindo aventuras mais difíceis. Esta é a parte das "Aventuras no mundo". Abandonamos todos nossos compromissos para poder conhecer novas culturas, lugares e crenças. É muito instigante viajar, sentir, aprender e ajudar pessoas. Creio que cada ser humano tem sua missão. Cada um pode desempenhar um bom papel contribuindo para um mundo melhor. Se eu pudesse dar um conselho, eu diria: Ame mais, viva mais, perdoe mais. Mas também se afaste das más influências. O lobo não pode conviver com as ovelhas. Então separe bem as coisas. Ser feliz é uma questão de escolha. Não vai ser um parceiro que vai te possibilitar isso. Seja feliz por si mesmo. Cresça e vença. Seja protagonista de sua própria vida.

Alexis

Muito bem, amado. Eu sempre me guiei pela boa conduta. Aprendemos com nossos pais os bons valores. Sabe, estar longe da violência urbana é um grande prêmio. É como se estivéssemos no paraíso prometido por cristo. Através de nossas comunicações, percebemos que o mundo não vai caminhando bem. As pessoas esquecem de Deus e vivem no materialismo. A maldade é grande e amedrontadora. Precisamos respirar, repensar valores e evoluir. Nada é por acaso. Precisamos fazer a diferença.

Guardiã

Seja essa diferença na vida das pessoas. Por isso estamos aqui. Celebre a vida.

Renato

Seja sempre a mudança. Não se contente em ser apenas uma pessoa comum. Use suas boas obras e ajude o mundo.

Alexis

Assim farei. Obrigado a todos.

Um paraíso no meio do mar

A trupe do vidente navega dentro do mar. Uma rajada de ventos forte seguido de uma brisa fina atinge o navio. É momento de muita concentração da equipe.

Divine

A noite está caindo. Faz horas que navegamos pelo mar, mas sem sinal de vida. Eu estou perdendo as esperanças. O que nos espera?

Guardiã

Calma, sonhador. É preciso paciência e esperança. Daqui a pouco nos aproximamos de alguma ilha. Eu estou sentindo que tudo vai melhorar. Acredite nisso.

Renato

Foi você mesmo que nos ensinou a ter precaução e fé. Não me decepcione, querido amigo. Vamos continuar tentando.

Divine

Está bem. Vocês me convenceram. Vamos seguir em frente.

Duas horas depois, eles finalmente chegam no arquipélago dos cocos. Uma paisagem exuberante se mostra aos seus olhos. As ilhas são cobertas por uma floresta tropical. Muitos animais, vegetação rica e espécies marinhas. Montanhas, terrenos elevados e grande quantidade de coqueiros caracterizam o relevo.

Guardiã

Chegamos para descansar. Me parece ser um local bastante místico. Sinto intensas vibrações positivas. O que acha, filho de Deus?

Divine

É um local aprazível. Eu me sinto bem aqui. E você, Renato?

Renato

Parece um local de meus sonhos. Natureza rica, bom clima e mistério. Era tudo o que eu queria.

Jasmim

Boa noite a todos. De onde vem e o que querem?

Divine

Eu sou o vidente. Somos uma equipe de aventureiros e buscamos aventura. E você?

Jasmim

Sou a administradora da ilha. Vejo que estão cansados da viagem. Vos ofereço comida e descanso.

Guardiã

Muito obrigada! Assim aproveitamos para nos conhecer melhor.

Os quatro deslocaram-se até os metros até uma rústica casa. Residência pequena, mas confortável. Adentraram no local acomodando-se no sofá da sala.

Divine

Muito obrigado pela estadia. Poderia nos contar um pouco da história desse local?

Jasmim

Será uma honra. A ilha foi descoberta no início do século dezessete, por um capitão Britânico pertencente a companhia das índias. Mas logo foi embora e a ilha permaneceu desabitada. Dois séculos depois, aqui chegou um marinheiro escocês que fixou residência. Depois de sucessivas mudanças de comando, o território atualmente pertence a Austrália.

Renato

Como é a economia deste local?

Jasmim

Produzimos coco e copra e importamos os restantes dos produtos.

Guardiã

Como é o clima daqui?

Jasmim

Clima é bom, chuva e sol adequados. Nos primeiros meses do ano, sofremos ação de ciclones. Mas no geral, é muito bom viver aqui.

Divine

Temos lendas aqui?

Jasmim

Várias. Há relatos de pessoas que viram fantasmas. Muitos marinheiros morreram aqui em tempos remotos. Mas sinceramente não acredito nisso. Eu nunca vi nada de anormal.

Guardiã

Verdade ou não, é um lugar altamente interessante. Estamos numa viagem sem precedentes. Precisamos conhecer o mundo para entender nós mesmos. Queremos saber nosso lugar no mundo. Em cada local que aportamos, novas emoções. Por isso é tão importante a contribuição de vocês.

Jasmim

Que bom que estou contribuindo. Vocês já deixaram sua marca. Vocês são simpáticos, inteligentes e espiritualistas. É um prazer recebê-los.

Renato

Agradeço em nome de todos. Isso está se tornando deveras interessante. Isso contribui para nosso conhecimento. Nunca vamos esquecer esses momentos.

Jasmim

Fiquem à vontade. Agora, vocês são parte da história da ilha. Vou sentir saudades quando forem embora.

Divine

Isso é inevitável. Somos cidadãos do mundo. Carregamos boas experiências e esquecemos as más experiências. É um processo evolutivo da alma. Sua ajuda é muito boa. Vamos descansar. A próxima aventura promete.

Na ilha da Ascensão

A trupe do vidente está há dias viajando pelo oceano em companhia do Navegador Português João da Nova. Foram momentos de muita angústia e excitação devido aos revezes da viagem.

João da Nova

Estamos nos aproximando da ilha da ascensão. Precisamos parar para reabastecer. Precisamos encontrar alimentos, combustível e descansar os instrumentos do navio. Há um desgaste natural de todos os componentes do navio. Como se sentem, jovens sonhadores?

Divine

Estamos muito bem. Ainda bem que chegou um momento de descanso. Estamos tão entediados com essa viagem. Precisamos também reabastecer nossas energias espirituais, equilibrar as forças opostas, controlar os chacras, implodir a aura interior e dar nosso grito de liberdade. O que acha, mestra?

Espírito da Montanha

É um ponto de encontro de nossos objetivos. O destino nos chama a refletir, nos questionar sobre tudo o que vivemos, a experimentar novas situações. Em suma, as aventuras nos chamam para agir. Eu sinto vibrações positivas de todos que nos acompanham. E você, como se sente, Renato?

Renato

Me sinto totalmente feliz ao saber sobre a terra firme. Eu sou um ser terrestre por natureza.

João da Nova

Muito bem. Fico feliz por todos nós. Vamos seguir em frente.

A chegada a ilha

Os marinheiros desembarcam. O sol é forte e os ventos formam uma brisa fina na direção sudeste da ilha. Como o clima era bom, eles começam a construir uma cabana simples. Algum tempo depois, o abrigo está pronto.

Renato

Estou pensando seriamente em passear na ilha. Me parece um local aprazível.

Divine

Estou sentindo isso também. Há dias não faço uma caminhada. O ambiente do navio não é propício para fazer exercícios físicos. Sabemos como isso é importante para o corpo.

Espírito da Montanha

Então proponho uma caminhada coletiva. Apesar de ser ter um retrospecto bom, não sabemos que segredos a ilha guarda. A precaução deve ser o principal ponto a ser observado nesse momento.

João da Nova

Eu acompanho vocês. Não se preocupem. Eu sou um homem muito experiente.

Fizeram conforme combinaram. Iniciaram uma caminhada conjunta pelas trilhas da ilha. O local era caracterizado pela vegetação rasteira, seca e estéril. Na companhia deles, cabras, vacas e cavalos que pastavam. No litoral, havia aves marinhas e tartarugas.

A caminhada se inicia a passos lentos. O sol era causticante o que provocava suores e cansaço.

João da Nova

Fiz questão de acompanhar vocês por questão de segurança. Não sabemos que podemos encontrar aqui.

Espírito da Montanha

Independentemente do que aconteça, estamos preparados, senhor. Somos uma equipe competente em aventuras. Parece que o perigo sempre está ao nosso alcance. Em meus milênios de experiência, aprendi a enfrentar as situações de forma bem leve.

Renato

Minha mãe adotiva é genial. Aprendi coisas importantes com você, mamãe. Sou uma pessoa mais confiante perto de você.

Espírito da montanha

Fico feliz, filho. Amo essa missão de ser sua mãe postiça.

Divine

Admiro a união de vocês. Sou mais experiente e completo porque convivo com ambos. Isso é extremamente importante para minha carreira literária.

João da Nova

Caramba! Fico abismado com a capacidade de vocês. Estamos no lugar e no momento certo. Nós viemos para brilhar!

Eles atravessam boa parte da ilha. Perto dum abismo, param um pouco para observar a paisagem característica do local. Nesse instante, um velho alto, forte, másculo e moreno se apresenta.

Protetor da ilha

Sou o protetor da ilha. Poderiam explicar o motivo de sua visita?

João da Nova

Viemos em missão de paz. Estamos descansando duma longa viagem.

Protetor da ilha

Tudo certo! Mas peço que vão embora o quanto antes. Esse local é meu território. Eu não gosto de ser perturbado por ninguém.

Espírito da Montanha

Entendemos perfeitamente. Não se preocupe com isso. Iremos embora amanhã.

Divine

Somos gente do bem. Não lhe faremos mal algum. Pode-me dizer porque esse medo todo?

Protetor da ilha

Não é nada contra vocês. Mas eu fui vítima dum perverso feiticeiro. Se alguém permanecer na ilha por mais de sete dias, eu simplesmente desapareço. Portanto, peço a colaboração de todos.

Renato

Sem problemas, amigo. Não vamos atrapalhar você.

Conforme a mestra prometeu, eles se retiraram da ilha e voltaram para o navio. Havia ainda muitas coisas para experimentar em suas andanças pelo mundo.

fim

Fim

www.ingramcontent.com/pod-product-compliance
Lightning Source LLC
LaVergne TN
LVHW020449080526
838202LV00055B/5390